Prólogo

En medio de las brumas de la corrupción y la violencia, nació Santiago Rojas, un niño destinado a enfrentar desafíos que pocos pueden imaginar. Su historia, como un hilo dorado entre la oscuridad, nos lleva a los rincones más sombríos de Colombia, pero también nos muestra la luz que brilla en aquellos que se niegan a ser vencidos por la adversidad. Colombia, en aquellos tiempos marcados por la crueldad del narcotráfico y la complicidad de la corrupción, era un lugar donde la esperanza parecía un lujo reservado solo para unos pocos privilegiados. En las calles repletas de desesperanza, nació Santiago, cuyo destino estaba entrelazado con el tejido mismo de la sociedad que lo rodeaba. Desde su nacimiento, Santiago fue testigo de la dura realidad que acechaba en cada esquina de su país. Creció entre susurros de traición y lamentos de injusticia, aprendiendo desde temprana edad a navegar por un mar de desigualdad y desesperación. Sin embargo, en medio de la desolación, encontró una fuerza interior que lo impulsó a seguir adelante, resistiendo contra viento y marea. La infancia de Santiago estuvo marcada por la lucha diaria por la supervivencia, donde cada día representaba una batalla por un lugar en el mundo. Encontró refugio en las sombras de las calles, donde aprendió a moverse con astucia y a observar con agudeza el comportamiento humano. Cada interacción, cada experiencia, moldeó su visión del mundo y alimentó su sed de justicia. Este libro es el testimonio de la vida de Santiago Rojas, un hombre cuya existencia desafió las expectativas impuestas por su entorno. A través de sus ojos, somos testigos de la realidad cruda y despiadada de Colombia, pero también de la fuerza indomable del espíritu humano que se niega a ser doblegado por la opresión. En las páginas que siguen, conoceremos la historia de Santiago, una historia de coraje, determinación y esperanza en medio de la oscuridad. Su vida nos recuerda que, incluso en los momentos más sombríos, hay una luz que nunca se apaga, una luz que guía a aquellos que se atreven a soñar con un mañana mejor. Que este relato sirva como homenaje a todos aquellos cuyas voces han sido silenciadas por la injusticia, y como inspiración para aquellos que se atreven a desafiar el statu quo y a buscar la verdad en un mundo lleno de mentiras y corrupción. Bienvenidos a la historia de Santiago Rojas, un símbolo de esperanza en tiempos de desesperación.

Índice

LA VASIJA MEMORIAS DE UN MENDIGO

Capítulo 1: Entre Sombras Familiares

Santiago Rojas se asomaba tímidamente al mundo, pero este mundo era un lugar de sombras y tormentos. Desde temprana edad, aprendió que el hogar debería ser un refugio, pero para él, era un campo de batalla en el que la violencia y el miedo eran sus constantes compañeros. El recuerdo de su padre, un hombre marcado por la amargura y el alcohol era un fantasma que lo acechaba en cada rincón de la casa. Los días se volvían una secuencia interminable de maltratos físicos y verbales, donde las palabras afiladas cortaban más hondo que cualquier golpe. Santiago, con tan solo unos pocos años de vida, aprendió a moverse en silencio, a esconderse en los rincones más oscuros para evitar el iracundo estallido de su progenitor. Cada paso que daba era una danza delicada entre la supervivencia y el temor, mientras la sombra de su padre se cernía sobre él como un monstruo acechante. La infancia de Santiago estaba marcada por cicatrices invisibles, grabadas en lo más profundo de su ser. La figura paterna, en lugar de ser un faro de amor y protección, se convirtió en una fuente constante de dolor y angustia. Los días se volvían noches interminables, donde el llanto se mezclaba con el sonido sordo de los golpes y las maldiciones. Pero entre las sombras de su hogar, Santiago encontró un rayo de luz en su madre, una mujer valiente cuyo amor incondicional era su único consuelo en medio del caos. Con cada abrazo y cada palabra de aliento, ella le recordaba que había esperanza más allá de las paredes que aprisionaban su infancia. Así, en medio de la oscuridad, Santiago Rojas comenzó a trazar los primeros pasos de su destino incierto. Cada golpe recibido, cada palabra de desprecio, serían las llamas que forjarían su carácter, convirtiéndolo en el hombre que estaba destinado a ser. Y aunque el camino que se extendía ante él estaba marcado por sombras familiares, Santiago estaba decidido a encontrar la luz que lo guiaría hacia un mañana mejor.

Capítulo 2: Un Ángel en la Oscuridad

En el laberinto de su infancia marcada por la violencia, hubo un momento que se erigió como un faro de esperanza: el día en que su madre le salvó la vida.

Santiago recordaba vívidamente esa tarde de tormenta, donde los truenos rugían en el cielo y la lluvia azotaba las ventanas como lamentos de dolor. En medio del caos de su hogar, su padre, envuelto en una nube de ira, se había vuelto más violento que nunca. Los gritos de su madre resonaban en la casa, una melodía desgarradora de súplicas y desesperación. Santiago, escondido en un rincón, observaba impotente la escena, el miedo abrazando su corazón con puños de hierro. Pero entonces, en un acto de valentía que desafió todas las probabilidades, su madre se interpuso entre él y su padre, enfrentando la tormenta con determinación inquebrantable. Con palabras de fuego y lágrimas en los ojos, ella desafió al monstruo que acechaba en su propio hogar, protegiendo a su hijo con la fuerza de un león.

Fue en ese instante que Santiago comprendió el verdadero significado del amor y el sacrificio. En los ojos de su madre, vio el reflejo de su propia lucha, la lucha por una vida mejor en medio de la oscuridad que los rodeaba. Esa noche, mientras la tormenta rugía en el exterior, Santiago encontró un nuevo sentido de determinación. Prometió a sí mismo que honraría el sacrificio de su madre, que cada día lucharía por un futuro donde el miedo y la violencia fueran solo un recuerdo lejano. Desde entonces, el vínculo entre madre e hijo se fortaleció, transformándose en un lazo indestructible que los unía en medio de la adversidad. Y mientras la sombra de su padre seguía acechando en los rincones más oscuros de su mente, Santiago encontró consuelo en el amor incondicional de la mujer que le había salvado la vida.

Capítulo 3: Entre la Huida y la Adicción

La vida en casa se volvía cada vez más asfixiante para Santiago. A pesar del amor y la protección de su madre, la presencia amenazante de su padre seguía acechando en las sombras, como un espectro que se negaba a desaparecer. Cada día se volvía una batalla por la supervivencia, una lucha constante entre el deseo de escapar y el miedo paralizante. Con el corazón latiendo con fuerza, Santiago se aventuraba a salir de casa en busca de libertad. Las calles de su barrio se convertían en su refugio, un lugar donde podía respirar un poco de aire fresco lejos de la opresión de su hogar. Sin embargo, la libertad que anhelaba pronto se volvía un espejismo, ya que las sombras de la realidad siempre lo perseguían de cerca. Fue en una de esas escapadas nocturnas que Santiago cruzó el umbral hacia un mundo desconocido y peligroso. En una esquina oscura, fue abordado por un grupo de jóvenes que le ofrecieron un escape tentador: las drogas. Con el corazón lleno de curiosidad y la mente nublada por la desesperación, Santiago aceptó la oferta sin dudarlo. El primer encuentro con las drogas fue como un sueño febril, una explosión de sensaciones que lo transportó a un mundo de euforia y olvido. Por un breve instante, las preocupaciones y los miedos se desvanecieron en la neblina de la adicción, dejando solo un vacío oscuro y adictivo en su interior. Pero el sueño pronto se convirtió en pesadilla. Las drogas se apoderaron de su vida, convirtiéndose en una cadena que lo arrastraba cada vez más profundo en el abismo. Cada dosis era como una gota de veneno que corroía su alma, dejando solo un vacío doloroso en su interior. A medida que su adicción crecía, Santiago se volvía cada vez más distante de su madre y de todo lo que alguna vez había significado algo para él. Las calles se convirtieron en su único hogar, y las drogas en su única compañía. La espiral descendente hacia la autodestrucción parecía inevitable, una trampa mortal de la que no podía escapar. En medio de la oscuridad, Santiago se encontraba perdido en un laberinto de su propia creación, buscando desesperadamente una salida que siempre parecía estar fuera de su alcance. Y mientras el mundo seguía girando a su alrededor, él se hundía más y más en las profundidades de la adicción, sin esperanza de redención.

Capítulo 4: El Punto de Quiebre

La espiral descendente en la que se encontraba Santiago parecía no tener fin. Cada día se sumergía más en las profundidades de la adicción, buscando desesperadamente una salida que siempre parecía estar fuera de su alcance. Sin embargo, en medio de la oscuridad, un destello de luz finalmente encontró su camino hacia él.

Fue una mañana gris y lluviosa cuando Santiago tocó fondo. Despertó en un callejón sucio y oscuro, su cuerpo tembloroso y su mente nublada por los efectos de las drogas. La realidad golpeó como una avalancha, y en ese momento de claridad fugaz, vio el reflejo de su propia destrucción. El dolor y la desesperación se apoderaron de él, envolviéndolo en un abrazo frío y despiadado. Se dio cuenta de que había llegado al punto de quiebre, el momento en que debía elegir entre seguir hundiéndose en las profundidades del abismo o buscar una salida hacia la luz.

Con el corazón lleno de determinación, Santiago se levantó del suelo y miró hacia el horizonte con ojos nuevos. Sabía que el camino hacia la recuperación sería largo y difícil, pero también sabía que era la única opción que le quedaba. Decidió buscar ayuda, una tarea que parecía imposible en medio de las sombras en las que se encontraba atrapado. Sin embargo, con la fuerza de un guerrero herido, se abrió paso a través del laberinto de la adicción y finalmente encontró una mano amiga que lo guio hacia la luz. Fue un proceso largo y doloroso, lleno de altibajos y recaídas, pero Santiago se aferró a la esperanza como un náufrago se aferra a un salvavidas. Con el apoyo de su madre y de aquellos que creían en él, poco a poco comenzó a reconstruir su vida, ladrillo por ladrillo, sobre los escombros de su pasado.

Cada día era una batalla ganada, un paso más hacia la redención y la libertad. A través de la terapia y el apoyo de grupos de ayuda, aprendió a enfrentar sus demonios internos y a encontrar un propósito más grande que él mismo. El camino hacia la recuperación fue largo y difícil, pero Santiago Rojas emergió del abismo más fuerte y más resiliente que nunca. Con el corazón lleno de gratitud y esperanza, se embarcó en un nuevo capítulo de su vida, decidido a dejar atrás las sombras de su pasado y abrazar el futuro con valentía y determinación.

Capítulo 5: Entrañado en la Esquina de la Delincuencia

Con el corazón oscurecido por las sombras de la adicción, Santiago se vio arrastrado más profundamente hacia el abismo de la delincuencia. Las drogas se convirtieron en su maestra, y la calle en su escuela, donde aprendió las lecciones más crueles y brutales de la vida. En la esquina sombría donde solía refugiarse, Santiago se encontró rodeado por aquellos cuyas vidas estaban entrelazadas con el crimen y la violencia. Gangsters, traficantes y otros desesperados buscaban en las sombras de la noche el sustento para sus almas hambrientas. Entre ellos, Santiago encontró un refugio temporal, un lugar donde su adicción y su necesidad de sobrevivir se encontraban. La delincuencia se convirtió en su modus operandi, una forma de vida que lo absorbía cada vez más en su abrazo letal. Pequeños robos y travesuras callejeras pronto dieron paso a actos más violentos y peligrosos. La ley se convirtió en una sombra lejana, una amenaza distante que apenas merecía su atención. Santiago se sumergió en un mundo de peligro y traición, donde la lealtad era un bien escaso y la confianza una moneda devaluada. Con cada acto criminal, su corazón se volvía un poco más frío, sus ojos un poco más duros. La inocencia que alguna vez había habitado en su alma se desvaneció como una llama en el viento, dejando solo cenizas y desesperación a su paso. La esquina de la delincuencia se convirtió en su hogar, un lugar donde podía ser quien quisiera ser sin miedo al juicio o la condena. Pero en lo más profundo de su ser, Santiago sabía que este camino solo llevaba a la perdición. La sombra de la adicción lo envolvía como una mortaja, y la delincuencia lo arrastraba hacia un destino incierto y cruel.

Sin embargo, en medio de la oscuridad, una chispa de esperanza aún brillaba en su interior. Una voz suave y familiar susurraba en su mente, recordándole que aún había luz en el mundo, incluso en los lugares más sombríos. Pero Santiago, atrapado en la vorágine de su propia destrucción, apenas podía escuchar el eco lejano de esa voz, ahogada por el estruendo de la calle y el clamor de su propia desesperación.

Capítulo 6: Entre Barrotes y Remordimientos

La pesada puerta de hierro se cerró tras Santiago con un sonido sordo, marcando el comienzo de una nueva etapa en su vida: la prisión. Los barrotes fríos se extendían ante él como los brazos de un gigante que lo aprisionaban en un abrazo helado.

El tiempo en la cárcel se deslizaba lentamente, como la arena que caía en el reloj de arena. Cada día era una batalla por la supervivencia, una lucha por mantener la cordura en medio de la desesperación y la soledad. Santiago se encontró rodeado por rostros desconocidos, cada uno con su propia historia de dolor y arrepentimiento. La cárcel era un crisol de almas rotas, donde el pasado y el presente se mezclaban en una amalgama oscura de remordimientos y promesas rotas. Entre las sombras de la prisión, Santiago tuvo tiempo para reflexionar sobre su vida y las elecciones que lo habían llevado hasta ese punto. Recordó los días de inocencia perdida, las noches de adicción y desesperación, los actos de delincuencia que habían marcado su destino.

Los remordimientos lo consumían como un fuego voraz, quemando su alma con el peso de sus acciones pasadas. Se preguntaba una y otra vez si podría haber tomado un camino diferente, si podría haber evitado caer en las garras de la delincuencia y la adicción. Pero en medio de la oscuridad, una chispa de esperanza aún brillaba en su interior. La voz suave y familiar que había estado susurrando en su mente desde hacía tanto tiempo lo alentaba a buscar la redención, a encontrar un camino hacia la luz incluso en el corazón de la oscuridad.

Con cada día que pasaba entre barrotes, Santiago se aferraba a esa chispa de esperanza como a un salvavidas en medio de un mar tormentoso. Prometió a sí mismo que cuando finalmente fuera liberado, haría todo lo posible para enmendar sus errores y buscar un nuevo comienzo, lejos de la sombra de la prisión y los pecados de su pasado.

Capítulo 7: El Peso de las Muertes

La vida tras las rejas no solo estaba marcada por la monotonía y el arrepentimiento, sino también por un oscuro capítulo que Santiago preferiría olvidar: las muertes. En el submundo de la prisión, la violencia y el peligro eran compañeros constantes, y la sombra de la muerte acechaba en cada esquina.

Santiago fue testigo de la brutalidad del mundo carcelario desde el primer día. Los enfrentamientos entre reclusos, las riñas por el control de territorios y la venganza entre bandas eran eventos cotidianos que pintaban las paredes de la prisión con un rojo siniestro. Las muertes se convirtieron en una realidad a la que Santiago no podía escapar. La primera vez que presenció un asesinato, sintió cómo el frío abrazo de la muerte se apoderaba de su corazón, dejando una marca indeleble en su alma. Cada vida perdida en el laberinto de la prisión resonaba en su mente como un eco sombrío, recordándole la fragilidad de la existencia y el peso de sus propias acciones.

Pero las muertes no eran solo un espectáculo macabro ante sus ojos; también estaban entrelazadas con su propia historia. Los amigos que había hecho en la cárcel, los compañeros de infortunio que compartían su dolor y su soledad caían uno a uno bajo la sombra de la violencia desenfrenada. El peso de las muertes se apoderó de Santiago como una losa pesada que lo arrastraba hacia el abismo. Cada rostro perdido, cada vida segada por el filo de la violencia, dejaba una cicatriz en su alma que nunca sanaría.

En medio de la oscuridad de la prisión, Santiago luchaba por encontrar un rayo de esperanza que lo guiara hacia la redención. Las muertes que había presenciado y las que habían marcado su pasado lo empujaban hacia un abismo de desesperación y desolación.

Pero incluso en el corazón de la oscuridad, una chispa de luz aún brillaba en su interior. Aunque las sombras de la muerte lo rodeaban, Santiago se aferraba a la esperanza de un mañana mejor, un mañana donde las muertes y el dolor quedaran atrás, y donde pudiera encontrar la paz que tanto anhelaba.

Capítulo 8: Trampa en Prisión

La rutina monótona de la vida en prisión se vio interrumpida por un acontecimiento inesperado que sacudió el mundo de Santiago. Una trampa se tendió, sutil como una telaraña invisible, atrapando al joven en una red de mentiras y engaños.

Un compañero de celda, cuya sonrisa ocultaba la astucia de un depredador, lo convenció de participar en un plan que prometía una salida de la cárcel. La tentación de la libertad, aunque fuera efímera, nubló el juicio de Santiago, quien cayó en la trampa sin sospechar las verdaderas intenciones detrás de aquel plan.

Sin embargo, la promesa de libertad resultó ser una ilusión cruel. La trampa se cerró con un estruendo sordo, dejando a Santiago atrapado en un callejón sin salida. Las autoridades carcelarias descubrieron el plan y lo acusaron de complicidad en el intento de fuga.

La sensación de traición y desesperación se apoderó de Santiago, quien se encontró enfrentando una nueva pesadilla dentro de las paredes de la prisión. La condena que antes parecía una carga pesada sobre sus hombros se volvió aún más abrumadora cuando le subieron la pena por su supuesta participación en el intento de fuga.

La trampa en prisión fue un golpe devastador para Santiago, quien vio cómo sus esperanzas de redención se desmoronaban ante sus ojos. La sensación de injusticia y desamparo lo envolvió como un manto oscuro, amenazando con ahogarlo en un mar de amargura y desesperación.

Pero en medio de la tormenta, una luz aún brillaba en la oscuridad. Santiago se aferró a la promesa de que, incluso en los momentos más oscuros, siempre había una oportunidad para la redención y la esperanza. Con determinación renovada, decidió enfrentar su nueva realidad con valentía y buscar una salida de la trampa en la que se encontraba, sin importar cuán sombrío pareciera el camino hacia la libertad.

Capítulo 9: Renacer en la Oscuridad

Con el peso de la injusticia y la traición aplastándolo, Santiago se sumió en un abismo de desesperación. Cada día en prisión parecía un siglo, cada momento una agonía que lo consumía desde adentro. Pero en medio de la oscuridad más profunda, una semilla de esperanza comenzó a brotar en su interior. Decidió que no permitiría que la trampa en la que había caído definiera su destino. Aunque las paredes de la prisión lo aprisionaban físicamente, su espíritu se negaba a ser encadenado por el desaliento y la desesperanza. Se sumergió en un arduo proceso de autorreflexión y auto aceptación. Reconoció sus errores y sus fracasos, pero también encontró fuerza en sus propias debilidades. Cada día se convirtió en una oportunidad para crecer, para aprender de sus errores y para transformarse en alguien mejor.

A pesar de las dificultades, Santiago encontró una comunidad dentro de las paredes de la prisión: hombres y mujeres que, al igual que él, buscaban redimirse y encontrar un camino hacia la luz en medio de la oscuridad. Juntos compartieron historias de dolor y esperanza, apoyándose mutuamente en su búsqueda de redención.

A medida que el tiempo pasaba, Santiago se sumergió en el estudio y la reflexión. Devoró libros y participó en programas de educación dentro de la prisión, expandiendo su mente y su corazón más allá de los límites físicos de su encierro.

A través del poder de la educación y la introspección, Santiago encontró una nueva perspectiva sobre la vida y sus propias acciones. Comenzó a vislumbrar un futuro diferente, uno en el que la sombra de la prisión ya no dominaba su existencia. Con cada día que pasaba, la semilla de esperanza que había brotado en su interior crecía más fuerte. A pesar de los obstáculos y las adversidades, Santiago se aferró a la creencia de que aún había una oportunidad para un renacer en la oscuridad, una oportunidad para encontrar el perdon y la paz que tanto anhelaba.

Capítulo 10: Un Nuevo Amanecer

Santiago caminaba por las calles con pasos vacilantes pero determinados. Cada paso era una afirmación de su resolución de dejar atrás su pasado y abrazar un futuro lleno de posibilidades. Aunque las sombras del pasado aún lo acechaban, una chispa de esperanza ardía en su corazón, iluminando el camino hacia un nuevo amanecer.

Con el apoyo de aquellos que creían en su capacidad para cambiar, Santiago se embarcó en un viaje de autoexploración y crecimiento personal. Se sumergió en programas de rehabilitación y reinserción social, buscando las herramientas necesarias para construir una vida significativa y productiva. El trabajo duro y la perseverancia dieron frutos cuando Santiago encontró empleo en una pequeña empresa local. Aunque el trabajo era modesto, le brindaba una sensación de propósito y dignidad que había estado ausente durante tanto tiempo. Con cada día que pasaba en el trabajo, Santiago se sentía más seguro de sí mismo y de sus habilidades para enfrentar los desafíos que la vida le presentaba. Pero el camino hacia la redención no estaba exento de obstáculos. Las sombras del pasado seguían acechando en las esquinas más oscuras de su mente, tentándolo con la comodidad de la familiaridad. Enfrentó momentos de duda y tentación, pero cada vez que se sentía tentado a retroceder, recordaba las lecciones aprendidas en la cárcel y la determinación que lo había llevado hasta ese punto. Con el tiempo, las sombras del pasado se desvanecieron lentamente, reemplazadas por los rayos dorados de un nuevo amanecer. Santiago se encontraba rodeado de personas que lo apoyaban y lo alentaban en su camino hacia la redención. Su madre, cuyo amor incondicional lo había sostenido durante los momentos más oscuros de su vida, seguía siendo su mayor fuente de inspiración y **fortaleza. Capítulo 11: Un Viaje a Europa**

Decidido a dejar atrás su pasado tumultuoso, Santiago se embarca en una nueva aventura que lo llevará lejos de su tierra natal. Europa, con su encanto antiguo y su aire de misterio, se convierte en su destino elegido, un lugar donde espera encontrar la redención y comenzar de nuevo.

El viaje a Europa es un cambio radical en la vida de Santiago. Deja atrás las sombras de su pasado y se sumerge en un mundo nuevo y desconocido. Las calles empedradas y los edificios centenarios lo envuelven en una atmósfera de belleza y elegancia, alejándolo de las trampas de su antigua vida.

En Europa, Santiago se encuentra con personas de diferentes culturas y tradiciones, ampliando su visión del mundo y enriqueciendo su experiencia. Cada ciudad que visita le ofrece nuevas oportunidades de crecimiento personal y exploración. El viaje a Europa se convierte en un renacimiento para Santiago. Encuentra inspiración en las obras maestras del arte y la arquitectura, se sumerge en la riqueza cultural de cada lugar que visita y se conecta con personas de diversas nacionalidades y trasfondos. A medida que recorre las calles de París, Roma, Barcelona y otras ciudades europeas, Santiago descubre una nueva pasión por la vida y un sentido renovado de propósito. Se sumerge en la vida cotidiana de cada lugar, absorbiendo la esencia de cada cultura y dejando que lo transforme desde adentro. El viaje a Europa se convierte en un viaje de autodescubrimiento y crecimiento personal para Santiago. A medida que recorre el continente, deja atrás las sombras de su pasado y se abre a un futuro lleno de posibilidades. Europa se convierte en su nuevo hogar espiritual, un lugar donde encuentra la paz y la redención que tanto anhelaba.

Capítulo 12: Un Nuevo Comienzo en Valencia

En el corazón de Valencia, Santiago encuentra una oportunidad para forjar un nuevo camino hacia la estabilidad financiera. Inspirado por la belleza y el dinamismo de la ciudad, decide montar su propio negocio: un lavadero de coches.

Con determinación y perseverancia, Santiago se sumerge en el mundo del emprendimiento. Investiga el mercado local, estudia las necesidades de la comunidad y elabora un plan detallado para su negocio. Con la ayuda de algunos amigos que ha conocido en su viaje por Europa, encuentra un local adecuado y reúne los recursos necesarios para poner en marcha su empresa. El lavadero de coches de Santiago se convierte en un oasis de limpieza y cuidado automotriz en medio del bullicio de la ciudad. Con un enfoque en la calidad y el servicio al cliente, rápidamente se gana la reputación de ofrecer resultados impecables y un trato amable a todos sus clientes. Santiago se sumerge por completo en su nuevo emprendimiento, dedicando largas horas de trabajo y esfuerzo para hacer crecer su negocio. Contrata a un equipo de trabajadores locales y los capacita para que brinden un servicio excepcional, creando así empleo y oportunidades para la comunidad. A medida que el lavadero de coches prospera, Santiago encuentra un sentido de propósito y satisfacción en su trabajo. Se convierte en un pilar de la comunidad, contribuyendo no solo con sus servicios, sino también con su presencia positiva y su compromiso con el bienestar de aquellos que lo rodean.

Con el tiempo, el lavadero de coches de Santiago se convierte en un éxito rotundo, atrayendo a clientes de toda la ciudad y más allá. Su negocio florece, brindándole estabilidad financiera y la satisfacción de haber superado las adversidades y construido una vida nueva y significativa para sí mismo en una tierra extranjera. A través del lavadero de coches en Valencia, Santiago encuentra una nueva razón para creer en sí mismo y en su capacidad para superar los desafíos que la vida le presente. Es un testimonio viviente de cómo, incluso en los momentos más oscuros, siempre hay una oportunidad para un nuevo comienzo y un futuro mejor.

Capítulo 13: La Redención en Acción

Con el éxito de su lavadero de coches en Valencia, Santiago se convierte en un ejemplo. Su negocio no solo le proporciona estabilidad financiera, sino que también se convierte en una plataforma para hacer el bien en la comunidad. Motivado por su propia experiencia de superación personal, Santiago se involucra activamente en obras de caridad y proyectos sociales en Valencia. Organiza eventos benéficos, dona parte de los ingresos de su negocio a organizaciones locales y participa en programas de apoyo a personas en situaciones difíciles.

Su lavadero de coches se convierte en un centro de esperanza y apoyo para aquellos que están pasando por momentos difíciles. Santiago ofrece oportunidades de empleo a personas desfavorecidas, brindándoles una segunda oportunidad para reconstruir sus vidas y recuperar su dignidad. Además de su labor social, Santiago también se convierte en un mentor para jóvenes emprendedores locales. Comparte su experiencia y conocimientos con aquellos que sueñan con seguir sus pasos, inspirándolos a perseguir sus propios sueños y alcanzar su máximo potencial. A través de sus acciones, Santiago se convierte en un faro de esperanza y redención en Valencia. Su historia de superación personal inspira a otros a creer en la posibilidad de un nuevo comienzo, sin importar cuán oscuro sea el pasado. Con cada acto de bondad y generosidad, Santiago encuentra una mayor satisfacción y significado en su vida. Su viaje desde las sombras de su pasado hasta el resplandor de su presente es un testimonio vivo de cómo el amor, la determinación y la fe pueden transformar incluso las circunstancias más adversas en oportunidades para el crecimiento y la redención.

Capítulo 14: Desafíos en el Horizonte

A pesar del éxito inicial de su lavadero de coches, Santiago comienza a enfrentar dificultades en su negocio en Valencia. La competencia se intensifica a medida que otros emprendedores entran en el mercado, ofreciendo servicios similares a precios más bajos. Además, los costos operativos aumentan, desde el alquiler del local hasta el mantenimiento de equipos y la compra de suministros. Santiago se encuentra luchando para mantenerse al día con los gastos, mientras ve cómo los ingresos de su negocio disminuyen gradualmente. Las tensiones financieras comienzan a afectar su salud mental y emocional. Santiago se siente abrumado por la presión de mantener su negocio a flote y proporcionar para su equipo de empleados. Las noches se vuelven inquietas mientras lucha con el estrés y la incertidumbre sobre el futuro de su empresa.

A pesar de sus mejores esfuerzos por innovar y adaptarse a las nuevas circunstancias, Santiago se encuentra en una encrucijada. Las decisiones difíciles deben tomarse para asegurar la supervivencia de su negocio, incluyendo recortes de personal y reducción de costos. La sombra del fracaso se cierne sobre Santiago mientras lucha por mantenerse a flote en medio de la tormenta. Los días se vuelven cada vez más largos y agotadores, mientras intenta encontrar soluciones creativas para los desafíos que enfrenta su empresa. Sin embargo, a pesar de los contratiempos, Santiago se niega a rendirse. Recuerda las lecciones de resiliencia y determinación que aprendió en los momentos más oscuros de su vida, y encuentra fuerzas para seguir adelante incluso cuando parece que todo está en su contra.A medida que enfrenta los desafíos en el horizonte, Santiago se aferra a la esperanza de que, con perseverancia y determinación, podrá superar esta prueba y salir aún más fuerte del otro lado. Su fe en sí mismo y en su capacidad para superar la adversidad lo impulsa a seguir adelante, enfrentando los desafíos con valentía y determinación.

Capítulo 15: La Pérdida del Sueño

A pesar de todos sus esfuerzos por mantener su negocio a flote, Santiago se enfrenta a una realidad implacable: su lavadero de coches en Valencia está en peligro de cerrar. Los desafíos financieros y la competencia feroz han agotado sus recursos y han dejado su empresa al borde del abismo. Con el corazón apesadumbrado, Santiago se ve obligado a enfrentar una decisión dolorosa: cerrar las puertas de su negocio. La pérdida de su lavadero de coches no solo representa un revés financiero, sino también un golpe devastador a su orgullo y su sentido de identidad como empresario. El proceso de cerrar su negocio es una experiencia angustiante y desgarradora para Santiago. Se despide de sus empleados con pesar, sabiendo que su decisión tendrá un impacto profundo en sus vidas. Los momentos finales en su lavadero de coches están llenos de nostalgia y tristeza, una despedida a un sueño que una vez fue su fuente de esperanza y renovación. La pérdida del negocio es un golpe duro para Santiago, quien se encuentra sumido en un mar de emociones encontradas. Siente una mezcla de dolor, arrepentimiento y frustración por no haber podido salvar su empresa a pesar de todos sus esfuerzos. Se pregunta qué salió mal y qué podría haber hecho de manera diferente para evitar esta tragedia. Sin embargo, en medio de la desolación, Santiago encuentra una chispa de esperanza. Aunque ha perdido su negocio, no ha perdido su determinación ni su espíritu de lucha. Se niega a dejarse vencer por la adversidad y está decidido a encontrar una manera de recuperarse y seguir adelante.

Con el apoyo de sus seres queridos y su propia fuerza interior, Santiago se levanta de las cenizas de su negocio fallido y se prepara para enfrentar el futuro con valentía y determinación. Aunque el camino hacia la recuperación será difícil y lleno de desafíos, está dispuesto a seguir adelante, sabiendo que incluso en los momentos más oscuros, siempre hay una luz al final del túnel.

Capítulo 17: Un Nuevo Comienzo en la Simplicidad

Después de perder su negocio y enfrentar la devastación de ver sus sueños desmoronarse, Santiago se encuentra en una encrucijada en su vida. Sin hogar, sin empleo y sin esperanza, decide alejarse de la ciudad en busca de una vida más simple y tranquila. Se dirige a un pequeño pueblo en las afueras, donde el ritmo de vida es más pausado y la gente es amable y acogedora. Aquí, entre las colinas y los campos, Santiago encuentra refugio en la simplicidad de la vida rural. Sin recursos ni medios para sostenerse, Santiago recurre a la creatividad y la determinación para sobrevivir. Encuentra un refugio improvisado en una vasija en una rotonda, donde puede resguardarse de las inclemencias del tiempo y descansar su cabeza cansada al final del día.

A pesar de sus circunstancias difíciles, Santiago encuentra una extraña paz y serenidad en su nueva vida en el pueblo. Aprende a apreciar las pequeñas cosas de la vida: el canto de los pájaros al amanecer, el aroma de la tierra mojada después de la lluvia, y la calidez de una sonrisa amable.

A medida que los días pasan, Santiago se sumerge en la vida del pueblo, haciendo amistades y encontrando un sentido de comunidad que nunca antes había experimentado. Ayuda a los lugareños con tareas domésticas y pequeños trabajos, ganándose su respeto y admiración a cambio de su generosidad y bondad.

Aunque su vida en la vasija en la rotonda puede parecer humilde a los ojos de los demás, Santiago encuentra una riqueza interior que va más allá de las posesiones materiales. Descubre la verdadera esencia de la felicidad en la sencillez de la vida cotidiana, aprendiendo a valorar lo que realmente importa en la vida.

A medida que el sol se pone en el horizonte y el mundo se sumerge en la oscuridad de la noche, Santiago se acomoda en su humilde morada y cierra los ojos con gratitud por el día que ha pasado. Aunque su futuro es incierto y sus circunstancias difíciles, sabe que mientras tenga la fuerza para seguir adelante y el coraje para enfrentar lo que venga, siempre habrá esperanza de un nuevo amanecer.

Capítulo 18: Refugio en la Rotonda

Después de perderlo todo, Santiago se encuentra sin hogar y sin rumbo en un mundo que parece haberle dado la espalda. La desesperación lo consume mientras busca desesperadamente un lugar donde pasar la noche. Con el corazón pesado y la esperanza desvaneciéndose, se topa con una rotonda en las afueras de un pequeño pueblo. En la penumbra de la noche, Santiago avista una vasija abandonada en el centro de la rotonda. La vasija, aunque humilde y rudimentaria, representa un refugio improvisado en medio de la desolación. Con un suspiro de resignación, Santiago se acurruca dentro de la vasija, buscando un poco de calor y protección contra el frío de la noche. El asfalto bajo sus pies es duro e implacable, pero Santiago encuentra consuelo en el abrazo estrecho de la vasija. Las estrellas brillan en el cielo nocturno, como pequeñas linternas que iluminan su refugio improvisado. El murmullo distante de los coches que pasan es el único sonido que rompe el silencio de la noche. A medida que el cansancio lo envuelve como una manta, Santiago cierra los ojos y se sumerge en un sueño inquieto. Los recuerdos de su vida pasada bailan en su mente como sombras fugaces, recordándole los altibajos de su viaje desde las alturas del éxito hasta las profundidades de la desesperación. Aunque su cuerpo descansa en la vasija fría y solitaria, su espíritu se niega a dejarse abatir por la desesperación. Santiago encuentra un rayo de esperanza en la oscuridad de la noche, recordándole que incluso en los momentos más oscuros, siempre hay una oportunidad para un nuevo comienzo.

Con esa pequeña chispa de esperanza ardiendo en su interior, Santiago se sumerge en un sueño profundo y reparador, sabiendo que mañana será otro día y que, con él, vendrán nuevas oportunidades y nuevas posibilidades para empezar de nuevo.

Capítulo 19: Metamorfosis en la Desolación

Mientras los días pasan y las noches se suceden en la rotonda solitaria, Santiago se entrega a la desolación que lo rodea. Sin rumbo ni esperanza, permite que su apariencia refleje el estado de su alma. La barba crece descontrolada y el pelo largo se convierte en una maraña salvaje que enmarca su rostro cansado. La transformación física de Santiago es un reflejo de su desesperación y su pérdida de identidad. La mirada perdida y el andar cansado revelan el peso de sus penas y la carga de su pasado. Convertido en un reflejo de la desesperanza, pasa desapercibido para aquellos que transitan por la rotonda, una sombra más en la noche sin fin. La barba y el pelo largo se convierten en su escudo contra el mundo exterior, un manto que lo protege de la mirada inquisitiva y el juicio de los demás. En la oscuridad de la noche, Santiago encuentra un refugio en su apariencia descuidada y descuidada, un disfraz que le permite ocultarse del mundo y de sí mismo. Sin embargo, incluso en la desolación más profunda, una chispa de esperanza sigue ardiendo en lo más profundo de su ser. Aunque su apariencia pueda haber cambiado, la determinación y la voluntad de sobrevivir permanecen intactas en su interior. A pesar de las dificultades, Santiago sigue aferrándose a la esperanza de que, algún día, encontrará una salida de la oscuridad y volverá a encontrar su camino hacia la luz.

Capítulo 20: Un Encuentro Providencial

En la quietud de la noche, mientras Santiago yace en su refugio improvisado en la rotonda, un encuentro providencial está a punto de cambiar el curso de su destino. Unos pasos cautelosos se acercan desde la oscuridad, rompiendo la monotonía de la noche con un susurro apenas perceptible. Santiago levanta la mirada, sorprendido por la presencia de un extraño que se acerca a él con cautela. La figura, apenas visible en la penumbra, parece radiar una energía inexplicable, como si estuviera imbuida de un propósito superior.

El extraño se detiene frente a Santiago, su mirada penetrante buscando los ojos cansados del vagabundo. En un instante, un destello de reconocimiento ilumina su rostro, como si hubiera encontrado algo que había estado buscando durante mucho tiempo. ¿Qué te ha llevado a este lugar, amigo? pregunta el extraño con una voz suave pero llena de autoridad. Su presencia irradia calidez y compasión, como si fuera una luz en la oscuridad que rodea a Santiago. Santiago vacila por un momento, sorprendido por la inesperada intrusión en su soledad. Sin embargo, algo en la presencia del extraño lo hace sentir seguro, como si estuviera frente a un viejo amigo que había estado esperando en las sombras todo el tiempo. Con un suspiro pesado, Santiago comienza a relatar su historia al extraño, compartiendo los altibajos de su vida y las luchas que lo han llevado a este punto de desesperación. Habla de sus triunfos y sus fracasos, de sus sueños perdidos y su lucha por encontrar un sentido en medio de la desolación.

El extraño escucha en silencio, absorbido por las palabras de Santiago. A medida que la historia se desenvuelve, su rostro refleja una mezcla de comprensión y empatía, como si hubiera experimentado las mismas pruebas y tribulaciones en su propia vida. Cuando Santiago termina de hablar, el extraño coloca una mano reconfortante sobre su hombro, transmitiendo una sensación de paz y consuelo que Santiago no había sentido en mucho tiempo.

Tu viaje no ha terminado, amigo, dice el extraño con suavidad. "Aunque las sombras de la noche sean oscuras, siempre hay una luz que guía nuestro camino. No estás solo en esta batalla".

Con estas palabras de aliento, el extraño se despide de Santiago y se desvanece en la oscuridad de la noche, dejando a Santiago con una sensación de renovada esperanza y determinación.

Mientras la noche avanza y las estrellas brillan en el cielo, Santiago se sumerge en un sueño reparador, sabiendo que, aunque el camino hacia la redención pueda ser largo y difícil, no está solo en su búsqueda de un nuevo comienzo.

Capítulo 21: Renacer de las Cenizas

Después del encuentro con el hombre compasivo, Santiago comienza un proceso de recuperación que transforma su vida de manera significativa. El hombre lo lleva a su hogar, donde le brinda refugio, comida caliente y una ducha reconfortante. Santiago siente una mezcla de gratitud y asombro por la bondad inesperada que ha encontrado. Durante su estancia en el hogar del hombre, Santiago experimenta una transformación física y emocional. Se deshace de su barba descuidada y su cabello largo, permitiendo que su verdadera identidad resurja bajo la superficie. La ducha revitalizante elimina las capas de suciedad y desesperación que lo envolvían, revelando una nueva versión de sí mismo llena de esperanza y determinación. El hombre compasivo, cuyo nombre es Javier, se convierte en un mentor y un amigo para Santiago. A medida que comparten historias y conversaciones profundas, Santiago encuentra consuelo y orientación en las palabras sabias de Javier. Descubre una nueva perspectiva sobre la vida y el propósito, sintiéndose inspirado para reconstruir su futuro sobre cimientos sólidos y positivos.

Con el apoyo de Javier y su familia, Santiago comienza a trazar un plan para su recuperación y reinserción en la sociedad. Se compromete a dejar atrás su pasado turbulento y a embarcarse en un viaje de auto-mejora y crecimiento personal. Acepta la responsabilidad de sus acciones pasadas y se compromete a construir una vida mejor para sí mismo y para aquellos que lo rodean.

A medida que avanza en su proceso de recuperación, Santiago encuentra fuerza en su determinación y esperanza en el futuro. Se da cuenta de que, aunque los errores del pasado puedan haberlo marcado, no definen quién es ni quién puede llegar a ser. Con cada paso que da hacia adelante, se acerca un poco más a la redención y a la realización de su verdadero potencial.

Capítulo 22: Un Nuevo Comienzo

Con el apoyo y la guía de Javier, Santiago se embarca en un viaje de transformación interior. Se compromete a dejar atrás los viejos hábitos y patrones de comportamiento destructivos, y a adoptar una mentalidad de crecimiento y positividad. Javier lo alienta a buscar oportunidades de educación y capacitación para adquirir nuevas habilidades y conocimientos. Juntos, exploran programas de rehabilitación y reinserción social que pueden ayudar a Santiago a reintegrarse en la sociedad de manera constructiva. Santiago se sumerge de lleno en su proceso de recuperación, participando activamente en terapias y actividades diseñadas para fortalecer su mente, cuerpo y espíritu. Aprende a enfrentar sus traumas pasados, a manejar el estrés y la ansiedad, y a construir relaciones saludables con los demás.

A medida que avanza en su viaje de transformación, Santiago se sorprende al descubrir nuevas pasiones y talentos que nunca antes había explorado. Se inscribe en clases de arte y música, descubriendo una habilidad innata para expresarse a través de la creatividad. Javier y su familia se convierten en una fuente constante de apoyo y aliento para Santiago, brindándole amor incondicional y una red de seguridad en la que puede confiar. A través de su ejemplo y su guía, Santiago aprende el verdadero significado del perdón y la compasión, y se compromete a vivir una vida que refleje estos valores. A medida que los días se convierten en semanas y las semanas en meses, Santiago se transforma en una versión renovada de sí mismo. Se convierte en un miembro activo y positivo de la comunidad, dedicando su tiempo y energía a ayudar a los demás y a hacer del mundo un lugar mejor. Con cada nuevo amanecer, Santiago se levanta con gratitud y determinación, listo para abrazar las oportunidades y desafíos que la vida le presente. Ha dejado atrás las sombras del pasado y ha abrazado un futuro lleno de esperanza y posibilidad. Para Santiago, este es solo el comienzo de un nuevo capítulo en su viaje hacia la redención y la realización personal.

Epílogo: Un Nuevo Horizonte

Con el paso del tiempo, Santiago continúa su viaje de redención y crecimiento personal. Se convierte en un ejemplo inspirador para otros que luchan contra la adversidad, compartiendo su historia y ofreciendo apoyo a quienes lo necesitan.

A medida que sus experiencias y aprendizajes se multiplican, Santiago encuentra un propósito más profundo en su vida: convertirse en un agente de cambio positivo en el mundo. Trabaja incansablemente para ayudar a otros a superar sus desafíos y a alcanzar su máximo potencial.

Junto a Javier y su familia, Santiago funda una organización sin fines de lucro dedicada a brindar apoyo y recursos a personas que buscan rehabilitarse y reconstruir sus vidas. Su trabajo transforma la vida de innumerables individuos, ofreciéndoles una segunda oportunidad y un camino hacia un futuro más brillante.

Con el tiempo, Santiago encuentra amor y felicidad en una nueva relación, construida sobre bases de respeto, confianza y complicidad. Juntos, comparten sus experiencias y sueños, creando una vida llena de amor, propósito y realización.

Al mirar hacia atrás en su viaje, Santiago se siente agradecido por cada desafío y cada obstáculo que ha enfrentado. Cada experiencia, buena o mala, lo ha moldeado y fortalecido, preparándolo para abrazar plenamente la vida y todo lo que tiene para ofrecer. En el horizonte, Santiago vislumbra un futuro lleno de promesas y posibilidades infinitas. Ha encontrado la redención y la paz que tanto anhelaba, y está listo para enfrentar cualquier desafío que el mañana le depare.

Y así, con el sol brillando en su rostro y el viento acariciando su piel, Santiago se embarca en un nuevo capítulo de su vida, lleno de esperanza, determinación y gratitud por cada momento que le espera.

Dedicado a mis hijos Antonio, Noemí, Hadasa y Ramón:

Que la historia de Santiago les recuerde siempre que, incluso en los momentos más oscuros, hay luz al final del túnel. Que encuentren inspiración en su capacidad para superar desafíos y encontrar un nuevo comienzo. Que sigan sus sueños con valentía y determinación, y que nunca pierdan la esperanza de un futuro brillante y lleno de posibilidades.

Con amor y orgullo,

JUAN DE DIOS

Impresión y editorial: BoD – Books on Demand
info@bod.com.es - www.bod.com.es
Impreso en Alemania – Printed in Germany
ISBN: 9788411747288

FSC
www.fsc.org
MIXTO
Papel procedente de fuentes responsables
Paper from responsible sources
FSC® C105338